Regarde bien

Louise A. Gikow

Illustrations de George Ulrich

Texte français d'Ann Lamontagne

Éditions
SCHOLASTIC

Catalogage avant publication de Bibliothèque et Archives Canada

Gikow, Louise
Regarde bien / Louise A. Gikow;
illustrations de Goerge Ulrich;
texte français d'Ann Lamontagne.

(Je veux lire)
Traduction de : What do you see?
Pour les 3-6 ans.

ISBN-13: 978-0-439-94279-9
ISBN-10: 0-439-94279-9

I. Ulrich, George II. Lamontagne, Ann III. Titre.
IV. Collection: Je veux lire (Toronto, Ont.)

PZ23.G5258 Re 2007 j813'.54 C2006-905670-6

Édition publiée par les Éditions Scholastic, 604, rue King Ouest, Toronto (Ontario) M5V 1E1.

5 4 3 2 1 Imprimé au Canada 07 08 09 10 11

Note à l'intention des parents et des enseignants

Dès que l'enfant sait reconnaître les 58 mots utilisés pour raconter cette histoire, il peut lire le livre en entier. Ces 58 mots apparaissent tout au long de l'histoire pour que les jeunes lecteurs puissent facilement les retrouver et comprendre leur signification.

a
à
attire
avec
bas
bien
bleu
cache
cet
chapeau
chat
chien
ciel
colère
cotonneux
crois
dans
de
en
envers
épouvantail
est
être
flotte
géant
gracieux
grand
gros
hibou
homme
il
je
la
là
là-haut
lapin
le
les
lit
mais
mon
monstre
nuage
oiseaux
ourson
papa
papillon
pas
qui
regarde
se
sourit
sous
tête
ton
tu
un
vois

C'est mon chat qui se cache là!

Regarde bien.

C'est ton chien, tu vois?

Cet homme est un géant!

Regarde bien.
Il n'est pas vraiment grand.

Le hibou, là-haut, a de gros yeux!

Regarde bien.
C'est un papillon gracieux.

Cet homme attire les oiseaux!

Regarde bien.
C'est un épouvantail avec un chapeau.

Un lapin flotte dans le ciel bleu!

Regarde bien.
C'est un nuage cotonneux.

Il y a un monstre sous mon lit, je crois!

Regarde bien.
C'est ton ourson, la tête en bas!

Mon papa est en colère!

Regarde bien. Il sourit...

… mais tu le vois à l’envers!

Des monstres!
Il faut ranger
Je choisis un ami
Je change la couleur des fleurs
Je sais lire
Je suis le roi!
Je suis malade
Je suis une princesse
Le nouveau bébé
Ma citrouille
Ma nouvelle ville
Mes camions
Minou copie tout
Mon gâteau d'anniversaire
Regarde bien
Rémi roulant
Si tu étais mon ami.